Ni un día más

Ni un día más

Beth Goobie

Traducido por
Queta Fernandez

orca soundings

ORCA BOOK PUBLISHERS

Copyright © 2009 Beth Goobie

All rights reserved. No part of this publication may be reproduced or transmitted in any form or by any means, electronic or mechanical, including photocopying, recording or by any information storage and retrieval system now known or to be invented, without permission in writing from the publisher.

Library and Archives Canada Cataloguing in Publication

Goobie, Beth, 1959-
[Kicked out. Spanish]
Ni un día más / Beth Goobie; translated by Queta Fernandez.

(Spanish soundings)
Translation of Kicked out.
Summary: Dime can't get along with her parents.
When she moves in with her older brother, she finds that if she starts believing in herself, other people will too.
Cf. Our choice, 2003.
Reading grade level: 6. Interest age level: 12-15.
ISBN 978-1-55469-137-1

1. Brothers and sisters--Juvenile fiction. 2. Problem youth--Juvenile fiction. 3. Self-acceptance--Juvenile fiction. 4. First loves--Juvenile fiction. 5. Quadriplegics--Juvenile fiction. 6. Responsibility--Juvenile fiction. I. Fernández, Queta II. Title. III. Series: Spanish soundings

PS8563.O8326K5318 2009   jC813'.54   C2009-901582-X

First published in the United States, 2009
Library of Congress Control Number: 2009924517

Orca Book Publishers gratefully acknowledges the support for its publishing programs provided by the following agencies: the Government of Canada through the Book Publishing Industry Development Program and the Canada Council for the Arts, and the Province of British Columbia through the BC Arts Council and the Book Publishing Tax Credit.

Cover design by Christine Toller
Cover photography by Eyewire

Orca Book Publishers	Orca Book Publishers
PO Box 5626, Stn. B	PO Box 468
Victoria, BC Canada	Custer, WA USA
V8R 6S4	98240-0468

www.orcabook.com
Printed and bound in Canada.
Printed on 100% PCW recycled paper.

12 11 10 09 • 4 3 2 1

Para Claude

Capítulo uno

Una vez más me las tenía que ver con ellos. Los gritos de los padres hacen que la música *heavy metal* suene como la de un cuento de hadas. Respiré profundamente, me bajé de la motocicleta de detrás de Gabriel y me quité el casco. Se lo devolví y lo enganchó en la moto, una Kawasaki Ninja. Me alegré de que la dejara encendida. Era pasada la media noche y quería que todo Winnipeg la viera. Allí estaba yo, regresando a casa de una cita con Gabriel Jordan, el chico más guapo de todo el oeste de Winnipeg. Al fin se había peleado con su antigua novia y me había escogido a mí. Tenía la esperanza de que mis padres estuvieran espiando detrás de las cortinas, para que lo miraran bien.

Rompimos el récord del beso más largo y luego Gabriel me dijo al oído:

—Llámame mañana, Diana.

Me quedé mirando cómo rugía calle abajo. Ahora, todo el mundo en el vecindario estaría al tanto de mi vida amorosa. Mañana por la mañana las líneas telefónicas se congestionarían por la cantidad de llamadas con el chisme. Mi madre se moriría de la vergüenza, y yo sonreí sólo de pensarlo. Al mismo tiempo se me hizo un nudo en el estómago. Deseé estar al timón de la Ninja de Gabriel, alejándome para siempre. Pero no, Gabriel tenía que marcharse, y yo tenía que entrar a casa y vérmelas con un monstruo de dos cabezas: mis padres.

Primero, me quité el arete de la nariz. Mi madre piensa que solamente los traficantes de droga los usan. La última vez que me vio con uno me dijo que estaría castigada hasta que alcanzara la mayoría de edad. En realidad, nunca le he prestado mucha atención a eso de los castigos; no puedo perder el tiempo miserablemente mirando las paredes. Lo que sí hice fue dejar de usar el arete en la nariz cuando estuviera en casa. La vida es mucho más fácil si tus padres no se paran en la puerta cuando vas a salir, bloqueándote el paso.

Mientras subía los primeros escalones de la entrada, me preparé para lo que me venía encima. Puse cara de aburrimiento y torcí la boca en una mueca. Era buena para esas cosas; me pasaba horas practicando frente al espejo. Parecer aburrida era mi mejor arma. Volvía locos a mis padres, que renunciaban a cualquier discusión.

Lentamente, abrí la puerta. Allí estaba mi madre con los brazos cruzados en medio del pasillo y con cara de *Terminator*.

—¿Dónde estabas? —preguntó.

—Por ahí —dije.

Me quité la chaqueta y la colgué.

Nuestra casa era una batalla campal estilo *Duro de matar III*, sólo que nuestra arma era la lengua. Mi padre apareció detrás de mi madre para averiguar qué pasaba.

—¿Por ahí? —preguntó.

Me quité las botas y quise pasarles por al lado. Mi padre me agarró por los hombros con ambas manos, no muy fuerte, pero asegurándose de que no podría ir a ninguna parte. Entonces gritó:

—¿No sabes que tienes que llegar a las nueve?

—¿Llamaste a la policía? —le pregunté.

Con quince años tenía que estar en casa a las nueve. Qué ridículo. Y para empeorar las cosas, si llegaba tarde, mi padre comenzaba a dar gritos. Si ponía cara de superaburrida, gritaba aún más alto. Algunas veces me sacaba de quicio, mi defensa se desvanecía y perdía el control.

Odiaba cuando les gritaba, aunque muchas veces terminaba haciéndolo.

—Diana, ésta es nuestra casa y nosotros ponemos las reglas. ¡Si te decimos que tienes que estar de regreso a las nueve, ésa es la hora de entrar por la puerta! No hay nada más que hablar —gritó.

Su casa, no la mía, pensé. Por un momento me ardieron los ojos y pensé que iba a llorar, pero logré controlarme, sonreí y dije bajito mirándolo a los ojos:

—Trata de obligarme.

Me miró como a punto de golpearme y vociferó:

—¡No tienes respeto por nadie! ¡No respetas ni a tus padres! Trabajamos muy duro para darte de comer y tú andas por ahí destruyéndote con las drogas, perdiendo el tiempo en la escuela y vestida como si pertenecieras a una banda de delincuentes. Mírate ese pelo. Y ahora andas con un chico que te dobla la edad.

Gabriel tiene solamente diecisiete años. Mis padres necesitan revisar los hechos antes de hablar. Respiré profundamente.

—¡Tengo casi dieciséis años! Ustedes me tratan como si tuviera doce. Los viernes, mis amigas no tienen que estar en sus casas antes de la medianoche —dije todavía tratando de mantener la calma.

—¡Ay, eras una niña tan dulce! ¿Cómo es que te has vuelto tan problemática? —gimió mi madre.

—No lo sé, a lo mejor son todas esas drogas que ustedes dicen que yo consumo —dije levantando los brazos.

En realidad, nunca he probado drogas, pero a veces ellos me hacen pensar en hacerlo.

—Tu hermano jamás nos hizo una cosa así —dijo mi padre.

—Si te parecieras a él, qué diferente sería todo —dijo mi madre.

Eso era el colmo. Si no me iba de allí en ese momento, comenzaría también a gritar y terminaría llorando frente a ellos. No podía permitírmelo, no podía permitirles que me enojaran. Con un empujón, les pasé por al lado y corrí hasta mi habitación. Di un portazo y cerré por dentro. Esa costumbre de dar portazos comenzó cuando tenía nueve años. Me metí en la cama y hundí la cara en mi conejo de peluche. Los oídos me retumbaban y comencé a contar los latidos de mi corazón. Poco a poco se hicieron más lentos, se estabilizaron y pude oír en la distancia las voces de mis padres que se confundían con las voces del televisor.

Sentí complejo de culpa por la cara que tenía mi madre. Últimamente siempre era así. Parecía que en cuanto me miraba, empezaba a sufrir y yo no quería eso. Quería que mi madre me mirara y sonriera, algo que no sucedía. Todo era gritos y ofensas. Debí meterme en el basurero más cercano en lugar de regresar a casa. Ése era el lugar que me correspondía, *con la basura de todo el mundo.* Pensando así me quedé dormida.

Cuando me desperté a la mañana siguiente, ya era tarde. Todavía llevaba el pulóver de *Metallica* de la noche anterior y mi pelo parecía un escobillón. Me puse unos vaqueros llenos de huecos y bajé, arrastrándome, a desayunar. Ni siquiera me lavé la cara. Sabrían que sus palabras no tenían ningún poder sobre mí. Con eso les demostraría que sus gritos no funcionaban.

Mientras bajaba las escaleras pude oír la voz de mi padre en la cocina.

—Ya no sabemos qué hacer con ella. No aguantamos ni un día más. Es como si todo lo hiciera expresamente para herirnos.

Me detuve y tragué en seco. ¿Por qué no me compran un pulóver que diga *Enemigo público*? Me lo pondría todas las mañanas y así no tendrían que dirigirse a mí en lo absoluto. Llevaría su opinión a todas partes.

Escuché la voz de mi hermano Darren.

—Denle una oportunidad. Está tratando de encontrarse a sí misma —dijo.

—Pero tú nunca fuiste así —dijo mi madre.

—¿Y eso qué tiene que ver?

—Todo lo que queremos es que triunfe en la vida. En este momento es un fracaso total.

Me quedé de una pieza. Ni siquiera estaba en la misma habitación con ellos y ya quería gritarles.

—Ella no es un fracaso. Ella es, sencillamente, diferente a mí —dijo Darren.

—Ése es justamente el problema.

Ya había escuchado bastante. Entré pasándome una mano por el pelo. El mes anterior me había pintado la mitad de rosado. Me venía bien con los ojos verdes. Como lo tengo tan corto, se me eriza por las mañanas hasta que logro domarlo con un poco de agua. Mis padres pensaban que me había hecho un mohicano.

Hablé lo más alto posible:

—Buenos días, Darren.

—Buenos días, miherma —dijo.

Mis padres no dijeron una palabra. Se quedaron mudos, lo cual me agradó.

Tomé una de las tostadas de Darren, le di una mordida y le manché la cara de mermelada con un beso.

—¿Tienes una silla nueva? ¿El modelo Rick Hansen? —le pregunté.

Mi hermano es tetrapléjico desde hace tres años. Se fracturó el cuello cuando tenía dieciocho.

Darren sonrió y dijo:

—Alrededor del mundo en cuarenta días.

La silla de ruedas era una sensación, pero el juego deportivo que llevaba puesto tenía definitivamente un problema. Casi tanto o igual que lo que llevaban puesto mis padres. Darren era un chico simpático, pero necesitaba urgentemente algunos consejos sobre moda. Tenía solamente ventiún años y se vestía como un tipo de cincuenta.

Puse un pan en la tostadora y luego me serví una taza de café que sorbí ruidosamente. Miré a Darren y le dije:

—Gabriel me está enseñando a manejar la Ninja. Cuando cumpla los dieciséis en junio, voy a sacar la licencia.

Mi madre dejó caer el tenedor. Mi padre empujó la silla hacia atrás. Sabía que lo que acababa de decir los enfurecería, pero pensé que Darren me protegería del fuego. Mi padre fue el primero en disparar.

—¡No lo voy a permitir! —gritó.

—¿Qué se puede esperar después de esto? —se quejó mi madre.

Me levanté de hombros.

—No sé, ¿el SIDA?

Mi padre se cubrió la cara con las manos sin decir palabra, lo que me sorprendió. ¿Por qué se lo tenía que tomar todo tan en serio? Miré a Darren y levanté una ceja. Él también me sorprendió.

—No creo que debas bromear con eso, Diana.

—Está bien —dije poniéndome roja.

Como siempre, todo se tornaba horrible sólo con mi presencia. Volví a sorber el café haciendo el mayor ruido posible.

—Hemos estado conversando sobre la posibilidad de que te mudes conmigo —dijo Darren.

—¿De verdad? —dije con asombro.

Mis ojos fueron de mi madre a mi padre. Los dos miraban fijamente a la mesa.

—¿Qué piensas de eso? —me preguntó Darren.

—Sólo dime cuándo —dije con una sonrisa de oreja a oreja.

—¿Qué te parece ahora mismo? Hoy —dijo.

Puse la taza de café sobre la mesa y contesté sin siquiera pensarlo.

—¡Ahora mismo empiezo a empacar!

—Tendrás que cocinar —me advirtió Darren.

—Trato hecho —volví a sonreír y le di otro beso antes de salir de la cocina sin mirar a mis padres.

Capítulo dos

Llegué a mi cuarto y comencé a meter las cosas en una bolsa de basura. Quería salir de allí antes de que a mis padres se les ocurriera cambiar de idea. Cuando me doy a la tarea de limpiar una habitación, las cosas desaparecen como por arte de magia. Empaqué mi conejo de peluche, cedés, ropa interior y mis botas de vaquero en la misma bolsa. Luego, tomé mi álbum de fotos.

Me detuve a hojearlo. Allí estaban las fotos del viaje de la familia a las Cataratas del Niágara y a Ottawa, cuando yo tenía once años. Sin duda sabíamos sonreírle a la cámara. Fue la única época en la que parecía que disfrutábamos en familia. Eso fue antes de que Darren se fracturara el cuello. Por aquel tiempo nos llevábamos bien. Miré la primera página del álbum. Allí estaba mi foto preferida: yo, a la edad de cinco años, y mi padre, riéndonos. En aquel entonces vivíamos en un pueblecito de Winnipeg llamado Gimli.

Pasé las páginas y allí estaban las fotos de Darren recuperándose en el hospital después del accidente. Lo tuvieron que llevar en helicóptero hasta Winnipeg. Mis padres acamparon en el estacionamiento del hospital por siete semanas, en una de esas casas rodantes. No se separaron de él ni un día. Yo me quedé todo el tiempo en casa de mis abuelos, a pesar de que fui yo quien estuvo con él en el momento del accidente.

Decidí llevarme el álbum. Lo pondría en algún lugar fuera de su vista, quizás debajo de la cama. Antes de bajar, abrí la ventana de mi cuarto y di un grito tarzánico. Luego, arrastré mis tres bolsas de basura hasta la calle y rampa abajo. Mi padre la había construido para Darren. Metí las bolsas en la furgoneta de Darren y regresé a la casa. ¿Cómo será la despedida? ¿Como un funeral? ¿Como una pelea de boxeo?

No fue más que otro sermón a dos voces.

—Hazle caso a tu hermano y no le crees problemas —dijo mi madre.

—No quiero enterarme de que regresas a casa a altas horas de la noche —dijo mi padre.

—Asegúrate de cocinar lo que le gusta a Darren. No comas hamburguesas todo el tiempo —agregó mi madre.

—No dejes de hacer la tarea. Es hora de que mejoren tus calificaciones —añadió mi padre.

Mi madre le dio un beso a Darren y mi padre le dijo:

—Cuídate, hijo.

En la puerta, pensé que todo lo que recibiría sería "la mirada", pero mi madre me abrazó con un gemido. Siempre me han gustado sus abrazos. Huelen delicioso y me hacen sentir que soy su niña pequeña otra vez. Era el único momento, por un par de segundos, que nos llevábamos bien. Le correspondí el abrazo rápidamente y me separé. Mi padre me miró moviendo la cabeza como si estuviera mareado o medio atontado.

—Verán, voy a sacar buenas notas —les dije y salté en el asiento al lado de Darren.

Darren se acomodó detrás del timón y salimos de allí. *Al fin libre*, pensé mientras me ponía el arete en la nariz que, de paso, era una forma de decirle a Darren que él tampoco iba a administrar mi vida.

—Papá y yo limpiamos mi estudio y ahora será tu habitación —dijo Darren mientras conducía por la avenida Portage.

—¿Cuándo? —dije empezando a sentir presión.

—Hace dos semanas. Hace rato que hemos estado hablando de esto —dijo.

Así que todo el mundo lo sabía menos yo. ¿Por qué no me habían incluido en sus conversaciones sobre mi vida? Me mordí los labios y miré fijo por la ventanilla. Pensé que había dejado a mis padres atrás, pero parecía que estaban en todos los pasos que daba. No quise enfurecerme. Después de todo tenía sentido que mi padre limpiara el estudio; Darren no hubiera podido hacerlo solo.

Darren tomó la calle Sherburn y pudimos ver la cuadra donde quedaba su apartamento. Estaba adaptado especialmente para sillas de ruedas. Darren aparcó y nos quedamos en silencio por unos minutos. Finalmente habló.

—Tienen miedo de que te pase algo, Diana.

—No, querrás decir que tienen miedo de mí y de mis amigos —rectifiqué.
—Es posible.

En cuanto pasé la puerta de entrada puse las bolsas de basura en el suelo y fui corriendo al teléfono. Tenía que llamar a Gabriel inmediatamente y darle mi nuevo número. Mi llamada lo sacó de la cama, pero así y todo estaba de buen humor. Por supuesto, dijo que saldría enseguida para mi nueva casa. Luego llamé a mi mejor amiga Tiff, que dijo lo mismo.

Después de las llamadas, seguí a Darren por el pasillo arrastrando mis bolsas. Me sentí un poco mal de quitarle su comodidad; él necesitaba su espacio. Estaba estudiando ingeniería en la Universidad de Manitoba y tenía unas notas excelentes, lo que compensaba por mis notas de D, C y alguna que otra E.

A no ser por una cama, un gavetero y el buró de Darren, la habitación estaba vacía. Lo primero que hice fue poner un cartel en la puerta: *¡No entrar! Habitación de Diana.*

Me cambié el pulóver de *Metallica* y comencé a desempacar. Estaba poniendo mi conejo de peluche en la cama cuando sonó el timbre de la puerta. Corrí a abrirla. Allí estaban los dos, muy sonrientes, mi novio y mi mejor amiga.

—Darren, estos son mis amigos, Gabriel y Tiff —dije.

En ese momento me di cuenta de que no le había preguntado a Darren si podía invitarlos, pero después de todo, ése también era mi apartamento.

—Oye, tienes una silla de primera. Yo tengo una Ninja. Si quieres podemos echar una carrera —dijo Gabriel caminando en dirección al refrigerador.

Tiff se rió, pero Darren se puso pálido. Si alguien hace una broma sobre la silla de ruedas de mi hermano, puede esperar que yo lo golpee. Pero no puedes golpear a tu novio, especialmente si su ex todavía lo persigue. Le hice un gesto con los hombros a Darren y levantó los ojos.

—¿Tienen algo que comer? Me muero de hambre —dijo Tiff sentándose en la mesa de la cocina.

Mis amigos daban vergüenza. En la casa de mis padres no se hubieran comportado así. Tampoco yo los invitaba muy a menudo, pero ¿por qué estaban actuando de esa manera?

—Hay refresco —dijo Darren.

—¿Y qué me dices de esta pizza? —preguntó Gabriel mirando dentro del congelador.

—Es para mi hermana y para mí —dijo Darren.

—Pero nos estamos muriendo de hambre —gimoteó Tiff.

Tuve que intervenir.

—Entonces, cómete este terrón de azúcar —se lo di de mala gana—. Te devolverá el alma al cuerpo.

Le puse delante la azucarera, saqué los refrescos del refrigerador y cerré la puerta.

—Vamos a sentarnos —dije.

Darren se acercó a la mesa. Gabriel le sonrió.

—Oye, tú no necesitas una silla como los demás, ¿no? —le dijo a Darren.

—No, tengo una pegada a mi cuerpo —le contestó.

—¿Y cómo te vas a poder tomar el refresco? —le preguntó Gabriel a Darren.

—Igual que tú, con la boca —le dijo Darren.

¿Por qué no se tomaba su refresco y cerraba el pico? ¿Por qué no hablaba de otra cosa? Gabriel no le quitaba los ojos a los dedos de Darren. Las manos de mi hermano tenían un aspecto inusual, por la forma en que las usaba. Después del accidente, no podía mover los músculos de los dedos y eso hizo que se le engarrotaran. Ahora usa las palmas de las manos para agarrar las cosas. Al principio no podía ni levantar los brazos. Los doctores le dijeron que nunca lo haría, pero Darren nos sorprendió a todos.

—¿Cómo te llevas la lata a la boca? ¿Necesitas ayuda? —le preguntó Gabriel.

Hasta Tiff se sentía incómoda.

—Gabriel, basta ya de ser un maleducado —le dijo.

—¡Mira, un equipo de música! —dijo Gabriel levantándose. Pude darme cuenta de que estaba apenado y quería cambiar el tema.

Se agachó frente al equipo, lo encendió y lo puso a todo volumen. Regresó a la mesa y gritó.

—¡Qué buena onda!

Darren no me miró, pero sentí que estaba pensando qué hacer en semejante situación. Comenzó a tomarse el refresco, aparentemente sin notar que Gabriel lo miraba con atención.

—¡Eres un campeón! —le dijo a gritos Gabriel.

La música estaba tan alta que teníamos que gritar. Si Darren no hubiera estado allí, la hubiera pasado bien, pero algo en su expresión hacía que los chistes de Gabriel no me parecieran graciosos. Mi hermano me hizo reflexionar sobre Gabriel. ¿Tenía un mal día o era siempre así?

Darren esperó a que parara la canción para decir que se iba a estudiar. Se detuvo junto al equipo de música, le bajó el volumen y se retiró a su habitación. Enseguida Gabriel lo volvió a subir.

—¡No! ¿No ves que tiene que estudiar? —dije levantándome.

Gabriel me agarró la cara, la acercó a él y me besó.

—Eres preciosa —dijo.

La preocupación por el volumen se esfumó. De hecho, quería poner la música más alto. En ese momento tocaron a la puerta, que casi no escuché por la dichosa música. Esperé que Darren la abriera, pero como no salió de su cuarto, me zafé del abrazo de Gabriel y fui a abrirla.

—Hola —dije.

La señora que estaba parada en el pasillo tendría la edad de mi madre y la misma expresión en la cara. En cuanto me vio empezó a gritar. No tenía otra alternativa por lo alto de la música.

—¡Soy la encargada del edificio! ¿Piensan ustedes que pueden escuchar la música de esa forma? Este edificio es un lugar tranquilo, y las personas ruidosas no duran mucho aquí —dijo a gritos.

—Disculpe —le contesté también gritando.

De pronto, la música se apagó. Me volteé y vi a Gabriel junto al equipo, sonriendo.

—Ya nos vamos —dijo.

—Y no regresen —dijo la señora y se marchó.

—Creo que la estábamos volviendo loca —dijo Gabriel.

Tiff se rió, se levantó y se dirigió a la puerta junto a Gabriel.

—¿Vienes con nosotros? —me preguntó Gabriel al oído.

—Debo preguntarle a mi hermano —dije, y pensé qué estaría pensando mi hermano de todo eso.

—¿No vives ahora sin tus padres? Además, es sábado —dijo Gabriel.

Qué bello era Gabriel. ¿Cómo podía decirle que tenía cosas que hacer cuando su boca estaba a una pulgada de la mía?

—Quiero que vengas conmigo —me dijo bajito.

Mi cuarto podía esperar. Tomé la copia de la llave del gancho y salí.

Capítulo tres

Llegué tarde y Darren ya estaba dormido. Como no había arreglado la cama, terminé acostándome con la ropa puesta. Cuando me desperté, tenía un sabor terrible en la boca. Me arrastré hasta el baño y comencé a lavarme los dientes. Fue entonces que noté que estaba usando el cepillo de Daren. Sin duda el día no había empezado bien y temía que terminaría peor.

La ayudante de Darren ya se había ido. Lo visitaba todas las mañanas y lo ayudaba a levantarse y a prepararse para el día. Generalmente, le hacía la comida, pero desde hacía un día, esa responsabilidad era mía. La noche anterior, yo no había estado en la casa para prepararle la cena. De pronto me pregunté qué habría comido. Me sentí tan mal que quería volverme invisible. Entré en la cocina lentamente, allí estaba Darren leyendo el periódico y tomándose una taza de café que seguro le había preparado la ayudante.

—Perdóname por no estar aquí anoche. ¿Qué comiste? —le pregunté.

—Me preparé una pizza. Me tomó un tiempo, pero me las arreglé —dijo sin levantar la vista. Los deseos de hacerme invisible se intensificaron.

—Y quiero que me perdones por estar tarde para prepararte el desayuno —le dije sinceramente.

Darren sonrió a medias.

—Bueno, ¿y qué me puedes decir de la vida con tu nuevo compañero de apartamento? —preguntó.

Pensé que le seguiría una letanía sobre levantarse a tiempo, pero Darren continuó leyendo el periódico.

—Estoy lista para preparar el desayuno. ¿Quieres huevos?

—Dos, por favor. También tenemos tocineta. Ah, ¿puedes hacerme tostadas también? —preguntó Darren.

—Oye, cocinarte se puede convertir en un trabajo a tiempo completo —protesté.

Darren leyó mientras yo cocinaba. Me encantaba el olor a tocineta y a huevos fritos, aunque mi madre era siempre la que los preparaba. Traté de recordar si ella ponía el aceite primero y luego esperaba a que estuviera caliente. Casi meto las narices en la sartén. Estaba teniendo el más extremo cuidado. Me mordí los labios y procuré no quemar nada. Cuando puse la mesa, todo lucía divino.

—Esto está muy bueno —dijo Darren después de tomar el primer bocado.

Pensé que era posible que mintiera, pero así y todo me sentí feliz.

—¿Vas a hacer ejercicios? —le pregunté.

—Es posible. ¿Vas a desempacar? —me preguntó.

Me detuve en el acto. No pude evitarlo. Estaba acostumbrada a que mis padres quisieran saber minuto a minuto de mi vida. Comencé a comerme los huevos.

—A lo mejor quiero que el cuarto esté exactamente como está —dije.

—Bueno, es tu cuarto, pero necesito hablar contigo sobre algo —insistió.

—¿De qué? —dije casi gritando.

Ya lo veía venir: sermón número uno.

—Diana, tranquilízate, ¿okey? Actúas como si te hubiera puesto una pistola en la cabeza. Tenemos que hablar sobre cómo nos las vamos a arreglar para vivir juntos —dijo Darren.

Sonrió, pero ya mi estómago se había convertido en una roca.

—¿Qué quieres decir? ¿Reglas? ¿Tus reglas? Lo que quieres es controlarme, ¿no?

Me alteré. No me gustaba cuando mi lengua se ponía afilada como un cuchillo, pero no pude aguantarme.

Darren pareció sorprenderse. Arrugó la frente y dijo:

—No, no me interesa tenerte bajo mi control. Sólo que estamos compartiendo el mismo espacio y es inevitable que tengamos un encontronazo. Me parece que es mejor que discutamos lo que a mí me gusta y lo que te gusta a ti, y de esa manera podemos hacer que esto funcione.

Tenía los brazos cruzados sobre el pecho. Traté de abrirlos pero sentí que estaban trabados. Me pareció estar atrapada en una situación desagradable de la que no podía salir. Sabía que Darren era diferente a mis padres, pero en ese momento, representaban la misma cosa. Parecía que me decía: *Así es como debes peinarte.*

Así es como debes atarte los cordones. Así es como debes lavarte los dientes.

—Soy lo suficientemente grandecita como para vivir mi propia vida. Reglas, no —rezongué.

—¿No es eso una regla? —dijo Darren.

No le quité los ojos a mi plato. Tenía razón. Parecía que no había manera de deshacerse de ellas.

—¿Por qué estás enojada conmigo? —me preguntó en tono dulce.

Lo miré sorprendida. Negué varias veces con la cabeza.

—No lo estoy.

Podía ver que me estaba analizando muy seriamente. Me puso nerviosa.

—Sí. Sí que lo estás —dijo calmadamente.

En ese momento sonó el teléfono y corrí a contestarlo. Mi madre estaba al otro lado de la línea.

—¿Diana? —gritó.

Hablaba tan alto que me tuve que alejar el teléfono de la oreja. Había pronunciado una sola palabra y parecía estar ya en pleno campo de batalla.

—Sí, soy yo —dije tratando de mantener la calma. Sentía que la tenía delante.

—¿Dónde estabas metida anoche? Cuando hablé con Darren a las diez de la noche me dijo que no podías salir al teléfono. Yo sé lo que eso quiere decir cuando de ti se trata, señorita. Si las cosas no funcionan vas a regresar a casa en un santiamén. No voy a dejar que eches a perder tu vida —chilló.

Parecía lista para hablar sin parar por una semana entera.

—Mamá, tranquilízate, actúas como si te hubiera puesto una pistola en la cabeza —dije, haciéndole un guiño a Darren. Me lo devolvió.

—Tienes que hacerle caso a tu hermano —continuó como si yo no hubiera hablado.

—Sí, sí. Estoy apurada. ¿Quieres hablar con Darren? —le pregunté sin esperar a que me contestara.

Pude escuchar mi nombre mientras le pasaba el teléfono a Darren.

Me duché y me cambié de ropa. Luego, puse los platos en el lavavajilla. Finalmente mi madre terminó de hablar con Darren, en el mismo momento en que sonaba el timbre de la puerta.

—Ay, ése es Gabriel. Hoy tengo clases de conducir —dije agarrando mi chaqueta.

—¿Cuándo vas a desempacar? —me preguntó Darren.

—No sé. Estaré de regreso para hacer el almuerzo, prometido —y le di un beso en la mejilla.

El pasillo del edificio, largo y estrecho, estaba en total silencio y no había nadie. Era libre de ir a donde quisiera. No tenía problemas, no tenía padres que me vigilaran. Me sentí increíblemente bien y aún mejor cuando salí a la calle. Allí estaba Gabriel, sentado en su Ninja. Lo miré y se desataron en mí un millón de sensaciones.

Qué bello era. No entendía por qué quería estar conmigo.

—Hola, Diana —dijo.

Lo besé por largo tiempo. Me puse el casco que me dio y salté detrás de él. Mientras íbamos por la autopista Henderson pensé: *Gabriel no trata de controlar mi vida y sus besos son maravillosos. Eso es todo lo que me importa.*

Cuando salimos de Winnipeg y llegamos a una carretera sin tráfico, Gabriel se detuvo. Me senté delante, de la forma que a Gabriel le gustaba. Agarré el manubrio y él puso sus manos sobre las mías. Era divertido, pero necesitaba concentrarme. Lo escuché explicarme los diferentes botones del panel. Sabía que eran importantes, pero tenía su barbilla en el hombro y sentía su aliento en la cara. No quería fallar, y mucho menos en una Kawasaki Ninja. Traté de repetirle todo lo que me decía.

—No, no, no, Diana. No me has entendido. ¿No me escuchaste? —dijo.

Me contrarié. No podía resistir que alguien dijera "no" más de una vez seguida. Como si no lo hubiera escuchado la primera vez.

—Quiero estar segura de que entiendo lo que me dices —le sonreí.

—Está bien, te lo explico de nuevo —dijo y respiró profundamente.

Tuvo que explicarme todo en detalles, hasta la forma en que los tornillos y las tuercas se ensamblaban, lo que hizo lucir todo más que complicado. Cuando terminó, pensé que sería más fácil hacer volar un avión supersónico. Al final, se acomodó en el asiento y me dijo: "Échale con todo".

Cuando apreté el botón para encender la Ninja, me mordía los labios. Tenía que hacerlo bien, pero temía por mi estúpida costumbre de olvidarme de lo más importate, como olvidar encender el mechero Bunsen antes del experimento o apagar la estufa después de haber calentado el agua para el té. Me pongo muy nerviosa entre la gente y todo me sale mal, aunque tengo la habilidad de esconderlo —nadie piensa que una chica dura puede tener miedo. Estoy segura de que mis padres nunca se han imaginado lo mucho que tiemblo después de nuestras discusiones. Voy corriendo a mi cama, abrazo mi conejo de peluche y empiezo a temblar sin parar. En cuanto veo las caras que ponen, ésas que vienen acompañadas de ciento y una preguntas, empiezo a temblar. Pero nunca he permitido que lo sepan. Lo puedo disimular hasta que llego a mi cuarto y, entonces, pierdo el control.

Esa mañana todo parecía funcionar perfectamente. Todo parecía estar saliéndome bien. Estaba en el asiento delantero con Gabriel a mis espaldas. Pasamos, rugiendo, casas de campo con perros que nos ladraban y autos con familias enteras muy elegantemente vestidas de regreso de la iglesia. Miré hacia delante y vi una señal de pare y justo después, una carretera con carros que pasaban a toda velocidad. Todo parecía indicar que nos acercábamos a una gran intersección.

Para, pensé. *Tienes que parar. ¿Cómo se para esta cosa?*

De pronto todos los botones y palancas parecían algo de una película de ciencia ficción. Como si nunca los hubiera visto antes en mi vida.

No sé cómo hacerlo. Voy a fallar. Gabriel me va a matar, pensé.

Se me puso la mente en blanco. El cerebro se me desintegró en mil pedazos.

—¡Para! ¡Para! ¡Para! —gritaba Gabriel.

Comenzó a darme golpes en el casco con el suyo para que me despertara. Por fin volví a la realidad y me detuve en el mismo borde de la carretera mientras un carro nos pasaba rozando.

A Gabriel le importa poco dar un espectáculo. De un salto estaba a mi lado dando gritos.

—¡Bájate de mi motocicleta! ¡Bájate de mi motocicleta! ¿Estás loca, demente o eres estúpida? ¿Te quieres matar?

Me deslicé del asiento y lo vi montarse otra vez. Me siguió gritando mientras le daba una patada al arranque y se alejaba a toda velocidad. No podía ni hablar. Allí, de pie y sola, los temblores comenzaron. Me senté de espalda a la señal de pare y me quité el casco. Me abracé a mí misma, por falta de mi conejo. Escuchaba las voces de mi madre, de mi padre y de Gabriel dándome vueltas en la cabeza. Todos me decían: *¿Estás loca, demente o eres estúpida? ¿Te quieres matar?*

Las voces eran cada vez más altas, hasta que me empezó a doler la cabeza. Me dije que no iba a llorar, que no iba a dejar que me lastimara, que debía levantarme y caminar hasta Winnipeg. Eso le demostraría a Gabriel que no lo necesitaba. No lo necesitaba a él, ni a mis padres ni a nadie.

En ese momento oí el motor de la Ninja. Sentí un gran alivio y no pude evitar comenzar a llorar. Gabriel no me iba a abandonar, había regresado por mí.

Sería una estúpida o un caso de demencia sin arreglo, pero así y todo me quería.

Me limpié las lágrimas con la esperanza de que no se me hubiera corrido la pintura de los ojos justo antes de que Gabriel se detuviera frente a mí.

—¿Vienes? —me dijo con una casi sonrisa.

Mirándome los pies le dije:

—Lo siento. Sé que metí la pata.

—Olvídalo. Dale, súbete —me dijo.

Nos besamos y todo quedó arreglado. Regresamos a casa y lo abracé bien apretado todo el viaje. Sentí un gran alivio de que todo volviera a estar como antes, aunque una voz dentro de mí me decía: *Se fue y te dejó sola en medio de la nada. ¿Por qué no te ha pedido perdón?*

Capítulo cuatro

De regreso en casa, preparé el almuerzo. Me decidí por macarrones con queso y perros calientes. No soy una buena cocinera y mi única especialidad son los huevos cocidos. Hasta ahí llego. Me puse un poco nerviosa abriendo el paquete de los perros calientes, porque no traía instrucciones.

—Darren, ¿cuando haces perros calientes pones a hervir el agua y luego pones los perros calientes o pones los perros calientes en el agua fría y esperas a que hierva? —pregunté.

—Qué sé yo —dijo Darren con cara de curiosidad y los dos nos echamos a reír.

—Bueno, los tiro al agua de una vez —dije nerviosamente.

Darren sacó sus libros y se puso a estudiar en la mesa de la cocina. Eso me puso más nerviosa todavía. Quería que se fuera a estudiar a su cuarto para que no viera lo que hacía en caso de que hiciera un desastre, pero ése era su apartamento. Me quedé pegada a la estufa vigilándolo todo con la esperanza de que no protestara en caso de que algo se me quemara. Por suerte y para mi sorpresa todo salió bien. Los perros calientes se cocinaron y la pasta quedó perfecta, como si fuera algo que hacía todos los días. Cuando terminé de poner la mesa me di cuenta de que estaba completamente relajada y en ese momento supe por qué. Darren no me había gritado. No me corrigió ni media vez. Me ardían los ojos y comencé a pestañear rápidamente.

—¿Qué te pasa? —me preguntó Darren.

—Me siento muy bien aquí —le dije.

—Yo también me siento bien de que estés aquí —me dijo con una sonrisa— y ya que estás aquí, ¿me puedes traer una cerveza? Va muy bien con esta comida.

—Sin duda —sonreí, y casi voy dando saltitos hasta el refrigerador.

Puse la cerveza delante de Darren. La agarró con las dos manos y la abrió con los dientes.

—¡Mira, sin las manos! —dijo.

Darren tiene los dientes mellados por hacer eso, pero no le hace caso a nadie.

—Eres un tetrapléjico muy bien educado.

—Soy el supertetrapléjico —dijo.

Esa tarde, desempaqué. Darren fue a hacer ejercicios al gimnasio y el apartamento se quedó en silencio. En esos momentos, pensé en el accidente. Sucedió cuando Darren y yo regresábamos de un juego de *hockey*, tarde en la noche.

Yo estaba dormida en el asiento de atrás. Todavía estaba oscuro y Darren atropelló un alce que se le atravesó en la carretera. El alce chocó contra el parabrisas y el carro se volcó varias veces fuera del camino. Yo estuve inconsciente por un tiempo. Cuando me desperté, Darren estaba aún en el asiento, en una posición muy rara. Tenía la cara y los brazos con heridas y cubiertos de sangre. Me senté junto a él y le tomé la mano. Entonces corrí hasta la carretera cuando escuché que venía otro carro. La ambulancia llegó como una hora después. A veces siento que todavía estoy allí sentada en la oscuridad, rezando para que mi hermano no se muriera.

Y sí, vivió. Supimos que se había fracturado el cuello, pero sus lentes estaban intactos. Darren parece ser la única persona de nuestra familia que no cambió después del accidente. Tuvo que pasar por un programa de rehabilitación para aprender a usar una cuchara especial llamada *Universal Cuff*. Lentamente, recuperó parte del uso de las manos y así aprendió a agarrar cosas con las palmas de las manos. Se matriculó en la universidad y aprendió a conducir una camioneta con controles de botones. A veces parece que su vida marcha como si el accidente nunca hubiera ocurrido.

Yo, sólo de pensarlo, comenzaba a estrellarlo todo contra la pared de mi cuarto. ¿Cómo puede Darren continuar con su vida? Yo sentía que en cada esquina había un accidente esperando por mí, y cuando mis padres me miraban, sabía perfectamente lo que estaban pensando: *Siempre has sido un problema, Diana. Ya eras un fracaso antes del accidente. Debiste ser tú quien se partiera el cuello, en vez de nuestro niño.*

Por supuesto, nunca me lo dijeron con todas las palabras. En nuestra familia, nunca hablamos esas cosas. Nuestra especialidad es gritar, o mirarnos y pensar a gritos.

Fue una noche muy tranquila. Cuando mi madre llamó, Darren contestó la llamada. Gabriel llamó después. Hice hamburguesas y hasta estudié un poco. Esa noche me quedé despierta en la cama pensando en ese día. No había habido discusiones, gritos ni reproches. Eso me hizo sentir diferente y pude dormir toda la noche. A la mañana siguiente, mientras esperaba el autobús con Tiff, sentí que estaba totalmente despierta. Era algo nuevo para mí. Las mañanas son completamente distintas si se han dormido unas buenas nueve horas.

Llegamos a la escuela con quince minutos para matar y nos fuimos al estacionamiento de los estudiantes. Allí estaba Gabriel con su moto, hablando con sus amigos. Me le acerqué por detrás y lo abracé a la altura de la cintura.

—Buenos días —le dije.

Todo el mundo nos miraba. En nuestra escuela, gran parte de los sucesos giran alrededor de la Ninja de Gabriel.

—Oye, Gabriel —dijo Tiff inclinándose sobre la parte delantera de la Ninja.

—Dime —le contestó Gabriel más interesado que otra cosa en jugar con el hueco en la rodilla de mis vaqueros.

—Aquella que está allí, ¿no es tu ex? —preguntó señalando.

Miré hacia la puerta. Nuestra escuela tiene una entrada diferente para cada grupo social. Por una van los *preppies*, los que se visten con el último grito de la moda; los *jocks,* los deportistas; los *skaters*, fanáticos de las patinetas y los *headbangers*, fanáticos de la música *heavy metal*. La ex de Gabriel estaba en la entrada de los *headbangers* con un pulóver apretado de la banda *Megadeth*. Me miraba como si estuviera planificando el resto de mi vida, cosa de varias horas.

—Sí, la mismísima —dijo Gabriel. Sonrió y comenzó a besarme.

—Oye, Diana —dijo Tiff.

—¿Qué? —le pregunté, pero no era fácil concentrarme en lo que decía. Gabriel besa como nadie.

—Dicen que ella quiere romperte la cara —dijo Tiff.

Puse una mano sobre la boca de Gabriel y le pregunté:

—¿Desde cuándo lo sabes?

—Desde la semana pasada, pero se me había olvidado decírtelo —dijo.

—Ah, yo también lo oí. No te preocupes. Perro que ladra no muerde —dijo Gabriel.

—Gracias por decírmelo —refunfuñé.

La ex de Gabriel era brava. Siempre andaba buscando pleito con las otras chicas en los baños. Uno de sus apodos más decentes era "la reina de los baños".

—Oye, no te preocupes. Yo te protegeré —dijo Gabriel. Parecía muy entusiasmado con todo el asunto.

—No me digas que vas a entrar al baño conmigo.

—¡A que sí! —dijo.

El timbre sonó y todo el mundo comenzó a moverse. Noté que la ex no estaba. Nos dimos un beso largo de despedida.

—¿Quieres faltar al tercer turno y dar un paseo en la Ninja? —me preguntó

Gabriel. Él tenía ese turno libre. Lo besé una vez más.

—Qué pena, no puedo. Tengo un examen de matemáticas —suspiré.

Entré a la escuela, flotando de felicidad, pero pronto esa sensación desapareció. Cuando estaba llegando a mi taquilla, pude ver a la ex de Gabriel recostada a la pared.

Hacía tiempo que yo no practicaba kung-fu. Por suerte, ella estaba mirando en la otra dirección y me dio tiempo a retroceder en la esquina del pasillo y tomar el camino más largo hasta mi clase. No me quedaba más remedio que ir a la clase de ciencia sin los libros. Estaban en mi taquilla y si intentaba cogerlos, la clase podría usar mi cuerpo para el próximo experimento de laboratorio.

Capítulo cinco

Me he visto en un par de peleas. Recuerdo haber arrastrado por los pelos a uno de mis vecinos, cuando estábamos en quinto grado, por dispararme bolas de papel masticado. Desde ese día, me dejó tranquila y se dedicó a molestar a otros. Pero no veo que eso sea posible con la ex de Gabriel. Ella puede noquear a Michael Tyson a mano limpia.

En el receso de la mañana, Tiff buscó un baño fuera de peligro. Hizo guardia en la puerta en lo que yo entraba. Cuando me lavaba las manos, una chica me dijo:

—Dicen que va a haber una pelea en el estacionamiento a la hora del almuerzo y que tú vas a participar en ella.

La miré con cara de aburrimiento y, sin pestañear, le dije:

—Me acabo de enterar.

—Cuídate. Sus uñas son como navajas —dijo riéndose.

—Se las morderá del miedo cuando piense en mí —dije.

Levantó los hombros y antes de salir se volteó.

—Ah, dicen que Gabriel va a ser el árbitro.

Miré inmediatamente a Tiff que se dedicaba a dibujar círculos en la pared. Sabía que estaba pensando en lo mismo que yo: la sonrisa de Gabriel cuando vio a su ex esa mañana.

—¿Tú oíste algo de eso? —le pregunté.

Tiff se contorsionó como si estuviera incómoda dentro de su propia ropa y miró al techo. Por fin dijo:

—A lo mejor. Pero yo sé que le gustas a Gabriel de verdad y no va a permitir que te pase nada. Yo tú, no me preocuparía.

¡No lo podía creer! Mi mejor amiga no se había molestado en decirme que estaba en peligro de desaparecer.

—A la ex de Gabriel le gusta desfigurarle la cara a sus contrincantes. No soy modelo de *Cover Girl*, pero ésta es la única cara que tengo —dije alterada.

—Puedes cambiarte de escuela —sugirió Tiff tratando de ayudarme.

—Lo que quiero es cambiar mi vida por la de cualquiera. Hasta por la de mi hermano.

Tiff se me quedó mirando, pero yo hablaba en serio. Daría cualquier cosa por ser él. Lo había deseado toda mi vida.

El baño ya empezaba a convertirse en un lugar peligroso. Llevábamos demasiado tiempo allí y la ex de Gabriel se aparecería de un momento a otro. Recogí mis libros y le dije a Tiff que lo mejor era salir cuanto antes.

Durante la hora del almuerzo me escondí en el fondo de la biblioteca. No quería ver a nadie. Estaba segura de que a ninguno de mis amigos se le ocurriría buscarme en ese lugar, ni siquiera a Tiff. Pero los rumores llegan a todas partes y un grupo de chicos se acercó a molestarme.

—Diana, ¿entrenaste para la gran contienda? —me preguntó un *preppie*.

—Mejor te quitas el anillo de la nariz. Será por donde te agarre primero —me dijo un *skater*.

Esa tarde decidí salir por la puerta de los *preppies*. Sabía que la ex ni se acercaría por allí. Me sentí fuera de lugar y los *preppies* no se quedaron callados.

—Oye tú, *headbanger*, usa la puerta que te pertenece.

—¿Quién es tu modisto, el *Terminator*? —me dijo su novia.

—Parece un macho —dijo otro.

—No, ella no es machorra, es una dulzura y va a pelear por el título "la reina de los baños" —dijo uno con aspecto de tonto.

En situaciones normales no les hubiera permitido ese tipo de estupideces, pero en ese momento tenía cosas más importantes de qué ocuparme. Bajé las escaleras entre empujones y comentarios. Cuando llegué a la calle, Gabriel se me acercó en su Ninja.

—¿Vienes?

No estaba segura. Si de verdad me quería, ¿por qué no le decía a su ex que se multiplicara por cero? Y si estaba enamorado de su ex, ¿por qué me invitaba a pasear en su Ninja? ¿Era posible que no estuviera al tanto de los rumores? Todo eso que hablaban de que él era el árbitro de la pelea era pura mentira. A Gabriel le gustaba el boxeo y la lucha, pero ¿a qué chico no? Eso no quería decir que se iba a rebajar a ser parte de una pelea entre su novia y su ex.

Además, los otros chicos nos miraban. Todos se volteaban para clavarme los ojos. Le sonreí a Gabriel con la misma sonrisa que le ponía a mis padres cuando me hacían la vida imposible. No fue mi intención, fue una reacción natural, pero Gabriel no notó ninguna diferencia en mí.

—¿Vienes? —repitió.

—Claro que sí.

Paseamos por un largo rato. Lo rodeé con mis brazos y pude escuchar su respiración, fuerte y real. Supe que estaba equivocada en tener dudas. Gabriel era mío y los rumores y los comentarios estúpidos no me lo iban a quitar. Descansé la cabeza en su espalda y observé cómo el mundo pasaba a toda velocidad. *Gabriel, llévame lejos de todo*, pensé.

Por supuesto, no lo hizo. Ni tampoco habló sobre su ex ni sobre los rumores. Cuando me dejó frente al apartamento de Darren, fui yo quien le hice las preguntas.

—¿Todavía te gusta ella? —le dije mientras lo besaba.

—No, no, no. Con ella todo ha terminado.

—¿Ella lo sabe? —seguí insistiendo.

—¿No es más que obvio? —dijo respirando profundamente.

—Entonces, ¿por qué quiere pelear conmigo?

—Está celosa. No quiere admitirlo —me respondió.

—Se parece a Madonna después de una sobredosis de esteroides.

Le complació la comparación y sonrió.

—Me voy —dije de pronto saltando de la motocicleta.

—¡Diana! No te pongas así —me pidió que regresara.

Di media vuelta. De nuevo tuve una sensación de esperanza, una canción dentro de mí. Era posible que estuviera equivocada, que estuviera llegando a conclusiones apresuradas.

—Ven aquí, por favor —dijo con una sonrisa capaz de derretir un témpano de hielo.

Vacilé, pero regresé haciéndome la que me resistía. En realidad, mi corazón bailaba de la alegría. ¡Cuánto deseaba que fuera sólo mío!

—Diana —dijo suavemente, tocándome la cara y besándome. Flotamos en una nube y estuvimos allí por algún tiempo. Luego, se puso el casco y se alejó con un rugido. Me quedé mirándolo mientras se alejaba, no tenía idea si llegaba a mi casa o salía. Hacía de mí lo que quería.

Cuando llegué al apartamento estaba sonando el teléfono. Era mi madre para averiguar hasta el último detalle de mi vida amorosa. Le colgué.

Luego, hice hamburguesas otra vez para la cena y Darren no protestó. Miramos la película *Fiel amigo* en la televisión mientras comíamos. Me puso muy triste. Mientras el perro se moría, me limpiaba la nariz con la manga del pulóver y no podía parar de llorar. Miré a Darren y vi que sus ojos estaban rojos.

—¿Por qué lloras? —le pregunté.

—¿Y por qué lloras tú? —dijo moviendo los hombros.

Darren se dirigió al baño y lo seguí. Él nunca llora.

—Lloro porque el perro se murió —le dije.

—Ya veo.

Darren había ido a tomar su requerido laxante. Debe tomarlo tres veces a la semana para poder ir al baño por la mañana. Es algo común en los tetrapléjicos, lo mismo que la bolsa que llevan al lado del cuerpo para recoger la orina. Darren puede cambiarse la bolsa él mismo, pero a mí no me gusta ni pensar en eso.

—¿Me tienes lástima? —me preguntó.

—No. No te tengo lástima —le dije.

Me miró fijamente a los ojos.

—Sí, me tienes lástima. Escucha, Diana, mi vida es un millón de veces mejor que la tuya. Estoy a mitad de graduarme de ingeniería y tú estás a punto de repetir el décimo grado —dijo muy seriamente.

Me enfurezco rápidamente y cuando lo hago, mi cerebro parece explotar en mil pedazos. Di media vuelta para irme.

—Nadie, jamás, te va a contratar —le dije.

La voz de Darren aumentó en volumen a mis espaldas.

—A mí me contratarían mil veces antes que contratarte a ti. Y cuando lo hagan, me darán un sueldo de seis cifras, mientras tú trabajarás cocinando hamburguesas por el resto de tu vida.

Fue en ese momento que perdí los estribos. Darren era la única persona de la que yo no esperaba semejante actitud. Le grité:

—Por lo menos, puedo hacerlo. Tú, en cambio, necesitas ayuda hasta para ir al baño.

—Y qué. Que tenga que estar sentado en la taza del inodoro por dos horas todas las mañanas no es ningún problema para mí. Por lo menos, puedo deshacerme de toda la porquería que hay en mi cuerpo. Pero tu porquería no es fácil de eliminar. Ni siquiera sabes qué es lo que te hace sentir así de miserable —me dijo también a gritos.

El apartamento de Darren era muy pequeño y no tenía donde meterme.

Caminé de prisa hacia la cocina, pero ¡me persiguió en su silla de ruedas!

Apoyé la cabeza contra la puerta fría del refrigerador y cerré los ojos.

—Sí que lo sé. No lo hablo con nadie, pero lo sé perfectamente bien —dije.

—Entonces dímelo. Dime qué es. No lo tengas adentro y lo llores con una vieja película —dijo Darren.

No pude. Di media vuelta y di por terminada la conversación. Durante el resto de la noche, Darren estudió y yo vi televisión.

Capítulo seis

El martes por la mañana cuando me levanté, acababa de llegar la ayudante de Darren. Cuando terminé de vestirme, fui directo a la cocina. Cuando Darren se dirigió al baño, yo me hice la que estaba esperando a que los panes estuvieran listos, mirando fijamente a la tostadora.

—Buenos días, Diana —dijo.

—Hum —le contesté.

Por todas partes se me aparecían los problemas. No quería pensar en la ex de Gabriel esperando en la escuela. No quería pensar en la forma en que Gabriel había sonreído cuando la vio. Tampoco podía aguantar ni una llamada más de mi madre y de mi padre para hacerme reproches. Me puse a regar la planta de la meseta de la cocina y lo que hice fue llenar el teléfono de agua. No se secaría en una semana o más. Por el momento, las desagradables llamadas estaban resueltas.

Gabriel me había prometido otra clase de conducir antes de entrar a la escuela. Le puse miel a la tostada, me la comí de un par de mordiscos y me dirigí a la puerta. Era temprano y me senté en el borde de la acera. No quería pensar, pero mi cabeza no paraba de darle vueltas a todo. Veía una pila de revistas *Selecciones* que mi hermano tiene en el baño para leer mientras esperaba a que hiciera efecto el laxante. Y así y todo, ¿cómo era posible que lo estuviera haciendo todo bien en su vida y yo no era capaz? ¿Por qué no me hacía un tatuaje en la frente que dijera SOY UN FRACASO?

Gabriel llegó con su habitual sonrisa y el rugido de la motocicleta. En lugar de subir detrás de él, me le senté delante, frente a frente.

—Quítate el casco —le pedí. Nos besamos por un rato. Gabriel podía hacer que me olvidara del mundo.

—Puedo ver que estás de buen humor —me dijo.

—Sí —le dije.

Me dejó conducir en cuanto salimos de Winnipeg. Lo hacía bien y no me olvidaba de frenar cuando era necesario. Gabriel tenía sus brazos rodeando mi cintura en lugar de las manos en los controles, como cuando parecía que íbamos a chocar. Me sentí relajada. Fue entonces que regresaron los problemas. Empecé a escuchar las voces de mis padres.

Eres una vergüenza para la familia, Diana, decía mi madre.

A tu edad, deberías empezar a actuar con responsabilidad, me gritó mi padre. *No sabes lo mucho que te queremos. Sería bueno que lo supieras.*

Pestañeé tratando de concentrarme. La carretera desapareció delante de mí. Sentí que descendíamos y que íbamos por un terreno desigual. Gabriel me gritaba y me golpeaba la parte de atrás del casco con el suyo. En ese momento vi que nos habíamos salido de la carretera y atravesábamos un campo. Al fin pude frenar y nos detuvimos.

En un segundo Gabriel dio un salto y agarró el manubrio. Temía que hiciera alguna locura.

—¡Estás loca! ¡Estás demente! ¡Bájate de mi moto! —aulló.

Me bajé. Puse por excusa que había un conejo en el camino.

—¿Viste el conejo? ¿Viste el conejo? —decía mientras señalaba a unos arbustos.

—¡Qué conejo ni qué demonios!

—Vi un conejo cruzando la calle y me asusté —mentí.

—¡No había ningún conejo! ¡Dame mi casco! —gritó.

Le di el casco y lo vi desaparecer.

Esta vez no esperé a que regresara. Pensé que después de pedirme el casco el asunto iba en serio. Me tomó cuarenta minutos caminar hasta la ciudad y otros veinticinco minutos en autobús para llegar a la escuela, mientras las voces de mis padres no paraban en mi cabeza.

En la oficina del director me dieron un permiso para entrar tarde a clases y un castigo. El castigo me enfureció. Mis tardanzas seguían aumentando, aunque esta vez era culpa de Gabriel, y *era él el que se merecía el castigo*, pensé. Por lo menos, los pasillos estaban desiertos y pude caminar sin tener que cuidarme de la ex. Estaría en clases y no montándome guardia frente a la taquilla.

En la mitad de la clase de ciencias, sonó la alarma de fuego. Generalmente, una alarma de fuego resulta una diversión, pero esta vez estábamos en medio de un experimento. Apagamos los mecheros

Bunsen y salimos del aula. Los chicos iban y venían por los pasillos golpeando las losas del techo. Tiff me alcanzó.

—¿Te enteraste? —me preguntó.

—¿De qué? —le pregunté.

—De tu gran encuentro con la ex.

—¿Dónde tengo que estar y a qué hora?

Yo no quería pelear, pero ya no me importaba. Una vez que llegaba a ese punto no había quien me aguantara la lengua.

—La ex invitó gente de otra escuela como espectadores —me advirtió Tiff.

—¿Está vendiendo entradas para el evento? —le pregunté.

Llegábamos al estacionamiento en ese momento cuando pude ver a Gabriel sentado en su moto con todos sus amigos alrededor. La alarma de fuego no había parado de sonar.

—Diana, esto es una cosa seria —me dijo Tiff.

—La vida es una cosa seria, pero podemos burlarnos de ella si no nos queda otro remedio —le dije.

Gabriel me saludó con la mano.

—¡Diana!

Por un momento pensé acercármele y hacerle trizas las ruedas, pero la sensación de venganza pasó. Después de todo, había metido su moto dentro de una finca. Debería considerarme dichosa de que parecía haberlo olvidado. Caminé hasta él sonriendo. Me rodeó con uno de sus brazos.

—Lograste regresar. Estaba preocupado por ti —dijo, y realmente lo parecía.

—Estoy bien. Siento haber hecho lo que hice —le dije.

—Regresé a buscarte —dijo.

Parte de mí quería creerle, pero el camino de regreso a Winnipeg era recto. ¿Cómo podía no haberlo visto? En ese momento noté que la ex nos miraba de cerca. Gabriel la miró y le sonrió a la vez que me apretaba contra él. Me sentí atrapada.

—Qué pena que no llevaste a tu ex contigo esta mañana. Podía haberme noqueado y enterrado allí mismo en el descampado —le dije retirándome.

—Vamos, Diana. Tú eres el amor de mi vida. No te enojes conmigo —me dijo con dulzura.

Me atrajo hacia él. Puse la cara en su cuello y traté de olvidarme de la ex. Era posible que no fuera el chico perfecto, pero no había duda de que me gustaba. Y daba unos abrazos maravillosos. Ése me tendría en la gloria, por lo menos, hasta la hora del almuerzo. Me quedé apretada a él hasta que la alarma cesó y todo el mundo regresó a la escuela.

Capítulo siete

A la hora del almuerzo estuve junto a Gabriel todo el tiempo. Pensé que a la ex no se le ocurriría despegarme de él, y así fue. Era posible que todo no fuera más que puros rumores. Por lo menos, esa tarde todavía estaba viva cuando llegué a casa.

Quise hacer algo un poco más complicado que hamburguesas para la cena: pescado y papas fritas. Sabía que a Darren le gustaban.

—¿Tienes mucha tarea esta noche? —me preguntó después de la comida.

Esa pregunta sonaba como la que me hacían mis padres. La sonrisa se me borró de la cara.

—No —dije levantando los hombros.

—Cerca de aquí toca hoy una banda muy buena. Dale, termínala y vamos —me dijo.

—¿De verdad? —pregunté asombrada.

—Sí. Es una forma de darte las gracias por la riquísima comida que preparaste.

Darren no se había dado cuenta de que el teléfono no funcionaba. Sin ningunas interrupciones, terminé la tarea. No exactamente lo que diría "terminarla", pero hice más de lo que yo podía hacer de una sentada. Si iba a ponerme al día en todas las tareas que tenía pendiente, no terminaría ni en varias semanas.

A las nueve de la noche salimos para su bar preferido. Allí estaban algunos de sus amigos y nos sentamos con ellos en una mesa. Había otro chico también en silla de ruedas.

—A ése lo arrestaron por manejar borracho. Iba en la senda del medio en su silla de ruedas —me dijo Darren bajito.

—¿Hay alguno de ustedes que sea normal? —dije bromeando.

Darren levantó los brazos.

—¿Y qué es normal?

La gente se les queda mirando. Muchos se asombran al ver a alguien en una silla de ruedas divirtiéndose. Piensan que lo único que pueden hacer es ver televisión. Una mujer se acercó y le dio palmaditas en el brazo a Darren.

—Me admira lo valiente que eres. Estoy segura de que algún día vas a estar bien —dijo con voz emocionada.

—Pero si estoy bien —le dijo Darren.

Mientras la mujer se alejaba, Darren me hizo una mueca.

—La gente no cree que en realidad estoy disfrutando de la vida en estos momentos.

—Ésa es una estúpida —le dije.

—Hay mucha gente como ella —concluyó.

—Cambiaría de lugar contigo en cualquier momento. Quisiera ser tú más que cualquier otra cosa en la vida —le dije.

Me quedé mirando el refresco que tenía delante de mí. No podía creer que finalmente se lo hubiera dicho.

Darren comenzó a mover la botella de cerveza alrededor de la mesa y me dijo en voz baja:

—Diana, no creas que no tengo momentos duros cuando pienso cómo es mi vida. No hablo mucho de eso. Y sí, también aprovecho para llorar con las películas. A veces me leo la guía de TV completa para encontrar la película más triste.

Trató de sonreír sin lograrlo. No puedo ver que mi hermano esté afligido, me da miedo y siento un dolor horrible. Los pensamientos salieron de mi boca sin poderlos detener.

—Debió haberme pasado a mí. Yo soy la que no sirvo para nada. No hubiera sido una gran pérdida si hubiera sido yo la que se parte el cuello. No sabes cuánto deseé que me hubiera sucedido a mí. Después del accidente hasta recé: *Dios mío, ponme a mí en una silla de ruedas para que Darren pueda vivir otra vez.*

Las palabras me salieron de algún profundo lugar, donde habían estado escondidas por mucho tiempo. Cuando terminé de hablar, me sentí muy débil, como si hubiera estado trabajando todo el día.

—Diana, eres peor que esa mujer. Oye, ¡yo no estoy muerto!

—No, no lo estás porque eres muy fuerte y sabes sobrellevar las cosas. Además, mamá y papá te adoran —acentué.

—¿Quisieras llevarte bien con ellos? —me preguntó.

En ese momento me estremeció pensar en el eterno deseo de verme en un lugar con mis padres, todos felices. Cuántas veces había soñado estar sentada en la mesa de la cocina con ellos, solamente conversando, riéndonos, bromeando, y que mi padre me tomara del brazo y me dijera: *Diana, eres un encanto, hijita.*

Sólo le dije:

—Es posible. No estaría mal, si pararan de gritarme.

—¿Crees que si dejaras de desear verte en una silla de ruedas ellos pararían de gritarte? Diana, un tetrapléjico en la familia es suficiente.

—Ya eran así antes del accidente, Darren. Siempre te prefirieron —le dije.

Darren no me llevó la contraria.

—Eso es algo que nunca me ha gustado. Deseé poder hacerlos cambiar, pero no supe cómo. A lo mejor tienes razón cuando dices que te tienen miedo, aun cuando tenías siete u ocho años.

—¿Y por qué lo crees? —le pregunté.

—Eres diferente a los demás. Te gusta la música que suena como un camión lleno de piedras. Prefieres arremeter contra una pared que usar la puerta. Yo, en cambio, soy más como ellos.

—No, no lo creo —dije retorciendo los ojos.

Darren sonrió.

—Piensa en esto, Diana. Si fueras como ellos, estarían más contentos contigo. Pero te saldría muy caro, porque te tendrías que vestir como ellos. Yo lo hago pero, ya ves, a mí me gusta.

Esa noche mi hermano estaba vestido a lo *preppie* y yo traté lo mejor que pude de ignorarlo.

Darren no paró de hablar. Parecía que tenía que desahogarse esa noche. Se inclinó hacia mí y me dijo:

—Yo creo que por ser como eres, los tienes confundidos. Y más que confusión, lo que tienen es miedo. Miedo de que te pase algo malo. Tú siempre te pones en situaciones arriesgadas. ¿Te acuerdas cuando regresé a casa del hospital? Te portaste mal en la escuela para que te expulsaran y poder quedarte en casa conmigo. Miramos televisión toda la semana. Nunca me he sentido más unido a nadie que aquella vez. Eso significó mucho para mí.

—Sí —dije sin mirarlo a los ojos—. Una semana que ni quiero recordar.

—Casi tienes que repetir el grado por eso —me dijo agarrándome la mano—. Diana, no tienes que destruir tu vida para demostrarme que me quieres.

—¿Qué quieres decir? —le dije esta vez mirándolo a los ojos.

Darren se miró los dedos engarrotados y pude ver una profunda tristeza en su cara.

—Me duele mucho pensar en el accidente y todo lo que he perdido. Pero es mi dolor, Diana, no el tuyo. No me ayudas en nada haciéndote daño. Ya sé que sufrimos juntos, pero eso me hace sentir peor. Yo adoro a mi hermana pequeña y quiero que todo le salga bien. Eso me haría sentir el hombre más feliz del mundo.

Ahora sonreía.

—Tampoco significa que te tengas que vestir como yo.

—¿Y qué significa?

Darren estuvo callado por unos segundos.

—Diana, ¿qué es lo que te atrae de Gabriel?

Ésa no era una pregunta difícil.

—Su cuerpo y su motocicleta —sonreí.

—¿Te gusta la forma en que te trata?

Las preguntas se hacían más difíciles. Traté de esquivarla con cara de aburrimiento.

—¿Qué me quieres decir?

Darren se echó hacia atrás.

—Te quiere dar órdenes. Enciende el radio sin preguntar.

Y también abrió el refrigerador sin preguntar, pensé. Sabía que Darren estaba cerca de, finalmente, decir las cosas por su nombre. La conversación iba por buen camino, como si él la tuviera planeada. No parecía una trampa, tenía la sensación de que él estaba realmente preocupado por mí.

—¿Y qué? —le dije haciéndome la fuerte.

Darren respiró profundamente y dijo:

—¿Cuál es la diferencia entre la forma en que él te trata y la forma en que te tratan mamá y papá?

Sentí como si hubiera levantado la botella de cerveza y me hubiera golpeado con ella. La cara me ardía. Traté de hacer una broma, pero no resultó.

—Vamos, Darren, ¿y qué me dices de su cuerpo, su Ninja y la forma en que se viste?

—Más te vale un cuerpo con una mejor persona adentro —dijo Darren con una sonrisa.

—¿Y la motocicleta?

Después de haber hablado de las cosas desagradables, Darren se sintió cómodo.

—Oye, ¿conoces a mi amigo Larry? Él te puede enseñar a manejar su motocicleta. Tiene una Harley con *sidecar*. También sabe dónde puedo comprar una Kawasaki Ninja muy barata. Saca la licencia y te la compro. Entonces podremos darnos un viaje en el verano y Larry puede ser mi asistente.

Yo rebosaba de alegría.

—¿Adónde podemos ir? —casi le exigí que me dijera.

—¿Qué te parece California?

—¿Lo dices en serio? —grité.

—Sí —dijo sonriente.

—Entonces, lo que me quieres decir es que si dejo a Gabriel y me llevo bien con mamá y papá...

—No —me interrumpió muy serio—. Eso es algo que debes resolver tú sola. Pero si protestas por la forma en que mamá y papá te tratan, ¿por qué no protestas por la forma en que te trata Gabriel?

—Tienes razón. Y pienso que quiere echarme a pelear con su ex para probarle que lo quiero.

Me sentí muy mal de tenerle que contar algo tan triste a mi hermano.

—Si te quisiera tanto, ¿le gustaría que pelearas? —me preguntó.

En realidad ésa era la pregunta que yo debía hacerme. Y la respuesta era obvia: No.

O como diría el mismo Gabriel: No, no, no.

—Y algo más. Si te respetas a ti misma, ¿lo harías?

Era otra muy buena pregunta con otra respuesta obvia. Pensé que debía cambiar la conversación.

—Oye Darren, ¿crees que mamá y papá vendrían a comer con nosotras algún día de éstos? Claro, si no hago hamburguesas.

Darren tuvo que reírse.

—Y si compramos un nuevo teléfono para poder llamarlos —agregué—. El tuyo se ahogó cuando traté de regar las plantas —le confesé.

—Ya compré uno nuevo y me debes cuarenta dólares —fue su respuesta.

Capítulo ocho

A la mañana siguiente, tuve que luchar para lograr salir de la cama. La noche anterior había colocado el radio en un extremo de la habitación y lo había sintonizado en una estación de música *country*. Como no resisto esa música, me vería obligada a levantarme y a apagarlo. Alguien aullaba *"Baby, baby, the full moon rises in your eyes"*. Hasta de mi propia tumba hubiera salido para hacerlo callar.

Darren parecía estar muerto de cansancio también. Su ayudante estaba en la cocina y lo preparaba para ir a clases. Le pasé por al lado como un bólido y me despedí con la mano. Ya había perdido el autobús. Llegué a la parada justo en el momento en que llegaba el próximo. Hice el viaje parada en la puerta de atrás. Cuando llegamos a la escuela, el último timbre estaba sonando. Me bajé del autobús corriendo. Tuve suerte de que el maestro me dejara entrar. Jadeaba de tal manera, que se apiadó de mí. Me alegré de no tener que verme en la oficina del director pidiendo otro permiso para entrar tarde. Ya tenía una colección. La próxima vez que llegara tarde, aplicaría esa misma técnica de respiración.

A mitad de la primera clase noté que no había visto a Gabriel. El teléfono de la casa ya funcionaba la noche anterior y no me había llamado, recordé. La clase de matemáticas se puso interesante y eso ayudó a que no le diera mucha importancia al asunto. Creo que haber hecho la tarea contribuyó en gran parte. En el receso, pasó algo que me hizo pensar en Gabriel el resto de la mañana. En camino a la clase de ciencia, pasé por el baño. La puerta estaba abierta y pude ver que estaba lleno de chicas que decían *¡dale, más duro!*

Lo raro era cómo se comportaban. Se cuidaban de no gritar para que las maestras no fueran a sospechar lo que estaba ocurriendo. Había toda clase de ellas, *preppies, skaters, jocks* y *headbangers*. Ninguna paraba la pelea, todas querían que se extendiera el mayor tiempo posible, como si fuera un programa de televisión.

Me paré detrás de ellas pensando qué podría hacer. En esa escuela a nadie le gustan las buenas samaritanas. Si trataba de ayudar, me iba a ganar la enemistad de muchos. El baño estaba repleto y la pelea tenía lugar cerca de los lavabos. No podía ver quiénes peleaban ni sabía por qué lo hacían. A lo mejor una de ellas estaba recibiendo su merecido, o "la reina de los baños" se estaba ensañando en una de sus víctimas.

Que sea lo que sea, pensé. Ése no era mi problema y ya yo tenía bastantes.

Un nuevo pensamiento me detuvo. ¿Y si fuera a mí a la que estuvieran espachurrando? La ex estaba esperando la primera oportunidad. ¿Alguien saldría en mi ayuda? Seguro que no; sabía la respuesta antes de hacerme la pregunta. Si me iba de allí sin hacer algo, no valdría mucho más que todas las que estaban disfrutando de la pelea.

Lo pensé demasiado. Cuando decidí hacer algo y me metí entre la gente, la pelea ya había terminado. Nunca supe quién ganó. Ya empezaban a dispersarse para ir a decirle a todo el mundo lo que había ocurrido. Sólo una chica se había quedado atrás junto a un lavamanos. Me pareció conocida, aunque parecía mayor que yo. No sabía su nombre. Le sangraba la nariz y tenía arañazos en los brazos. Tenía olor a bebida.

—¿Estás bien? —le pregunté.

Ni siquiera me miró. Ése no es el tipo de pregunta que se hace en nuestra escuela.

Sin decir una palabra me pasó por al lado y salió del baño. Me miré en el espejo y me imaginé que la sangre me brotaba de la nariz. ¿Habían peleado por un chico? ¿Valía él la pena? Traté de visualizarme dándole un puñetazo en la nariz a la ex y arañándole los brazos. ¿Valía Gabriel la pena? ¿Valía la pena alguno?

La clase de ciencia pasó a toda velocidad mientras yo no paraba de pensar en todo aquello. Finalmente sonó el timbre. Salí a los pasillos y caminé, metida en mis pensamientos, entre la gente. Cuando llegué a la taquilla, Tiff me estaba esperando.

—No te va a gustar lo que vas a encontrar afuera —me advirtió.

—¿Por qué no? —le pregunté mientras metía los libros en la taquilla.

—Ya lo verás —dijo preocupada.

—Dímelo, Tiff. No me dejes así —le supliqué sin lograr que me lo dijera.

Salimos por la puerta de atrás y enseguida supe de qué se trataba. Allí estaba, en mi propia cara: Gabriel y su ex sentados en la motocicleta mientras ella lo rodeaba con los brazos. Gabriel sonreía como en un comercial de pasta de dientes.

Ahora ella es la ex ex, pensé. *Por eso fue que no me llamó anoche.*

—Cambia de parecer como cambia de calzoncillos —me dijo Tiff bajito.

Gabriel me vio. Ensanchó la sonrisa y levantó una ceja. Luego, cambió la vista. Me sentí lo más insignificante del mundo. Por un momento quise esconderme en mi rincón preferido de la biblioteca. Entonces recordé lo que Darren me había dicho de Gabriel, de cómo me obligaba a hacer lo que él quisiera. Sin haber pronunciado una palabra, me decía claramente: *No quiero saber más de ti. Desaparécete.*

Yo tampoco quería saber nada más de él y esa idea me hizo sentir bien. Me di cuenta de que, en realidad, me había quitado un peso de encima al saber que todo había terminado. Mi relación con Gabriel había sido muy extraña; nunca sabía cómo iba a reaccionar. Desde el principio temía constantemente que me dejara. Me di cuenta en ese momento de que eso era lo que él quería. Quería que me sintiera insegura para obligarme a hacer cualquier cosa para retenerlo.

Respiré profundamente. Pensé que hay que ser muy infeliz para tratar así a los demás. Ya me encontraría a alguien mejor, y eso no significaba que tenía que odiar a Gabriel o a su ex ex, Lena.

Fui directamente hacia ellos. Todo el mundo estaba atento, como si fuera el programa de moda de la televisión.

—Hola, Gabriel. Hola, Lena —les dije.

A Gabriel se le empezó a borrar la sonrisa de la cara. Se estaba poniendo nervioso. Yo también lo estaba.

—Lárgate —me dijo Lena.

—Sólo quiero desearles buena suerte —dije.

—Te dije que te largaras —dijo Lena.

Pensaría que yo era un virus que Gabriel podía agarrar. Se levantó y se me acercó en actitud hostil.

—Oye, cálmate. Dejé las cadenas y las nudilleras de metal en la casa —le dije.

Lena dio un paso y me empujó. Fui a parar contra Tiff, que a su vez tropezó con alguien más, lo que hizo que no nos cayéramos. Gracias a eso logré esquivar dos buenos golpes. Gabriel observaba como si su más preciado sueño se hubiera hecho realidad: dos chicas peleando por él.

No Gabriel, Aquí la única que pelea es Lena, pensé. Di dos pasos atrás. Lena se detuvo esperando mi reacción.

La miré a los ojos. Hasta con la cara de odio que tenía pude ver que era bonita. Pero por primera vez, pude ver la tristeza en su cara. Pensé que no se querría mucho a ella misma. Peleaba por Gabriel, porque pensaba que él era el único al que podía aspirar.

Gabriel lo sabía, por eso obtenía todo lo que quería de ella. Todos los que observaban y gritaban durante el espectáculo, posiblemente, lo sabían también. Lena tendría que averiguarlo sola, de la misma forma que yo lo había hecho.

A pesar de todo, deseé darle a Gabriel un beso de despedida que, por supuesto, no hice.

—Lena, es todo tuyo —dije.

Di media vuelta y salí de allí.

Capítulo nueve

—Por favor, Diana, dame otra oportunidad. Eso con Lena fue algo de un día —dijo Gabriel.

Así me hablaba Gabriel sólo dos días después del incidente en el estacionamiento. Estaba sentada en la cocina mirando el teléfono. Cuando escuché su voz me sentí feliz al principio, pero luego comencé a sentirme totalmente confundida.

—¿Y si lo nuestro también se convierte en algo de un día? —le pregunté.

—No, Diana, no. Contigo, nunca —dijo rápidamente.

—Ya no me interesas para nada —repliqué.

Le colgué el teléfono. Pensé que le colgaba a mi propio corazón. Había tomado una decisión usando la razón, pero a mi corazón le tomaría un tiempo procesarlo. Las siguientes semanas no dejé de pensar en él. Tuve momentos muy malos, imaginando su sonrisa y lo bello que era y cómo lucía en la Ninja Kawasaki. Pasé una semana entera viendo cómo se nublaba la pared de mi cuarto detrás de mis lágrimas. Poco a poco, el nudo en el estómago fue desapareciendo. Era el mes de mayo y los árboles empezaban a retoñar. Tenía un horror de tarea y necesitaba ponerme al día, porque faltaba solamente un mes para los exámenes finales.

¡Y al fin llegaron! Yo no estaba acostumbrada a estudiar y no me era fácil mantener el ritmo. Tenía que prepararme mentalmente para el proceso. Me paraba en un extremo de mi habitación y corría a toda velocidad contra la pared opuesta. Mientras la golpeaba con el hombro, gritaba: *¡Los odio!¡Los odio!* Después de varios minutos, estaba lista para sentarme a hacer el trabajo. Darren ya se había acostumbrado a mi rutina. Creo que mi problema principal es que tengo que hacer ruido. Si me dejan hacerlo, me siento bien.

Larry, el amigo de Darren comenzó a darme clases de conducir en su Harley. Era un tipo muy bien parecido y, lo mejor de todo, nunca me gritaba. Me tomó un tiempo comprender que no iba a explotar si yo hacía algo mal, y entonces dejé de quedarme con la mente en blanco. Comencé a manejar mucho mejor y, por lo menos, esta vez me mantenía dentro de mi senda en la carretera.

También comprendí que la razón de esos episodios se debía al miedo a que me gritaran. Siempre pensé que tenía un problema para relacionarme con los demás, que estaba loca o que era simplemente estúpida. Nunca imaginé que el miedo fuera la causa de todo. Finalmente comprendí que tenía miedo a fallar, miedo a hacerlo todo mal. Un miedo que no me había abandonado desde pequeña y que hacía que la mente se me quedara en blanco, como si el mundo desapareciera a mi alrededor y yo flotara en la "nada". Con mis padres, me sucedía todo el tiempo. Al fin pude comprender el porqué: si mis padres no me querían, yo era menos que "nada". Así me hacían sentir siempre y como tal me comportaba. Y aún peor, le permitía a los otros que me trataran como si yo fuera eso, "nada".

Darren dijo algo curioso: mamá y papá me tenían miedo. Era posible que tuviera razón. Siempre parecían enojados, pero el enojo era, en realidad, dolor. Dolor que yo también sentía. ¿Quería que la relación con mis padres fuera siempre así, entre gritos y maltratos? Nunca me habían golpeado o habían sido violentos, lo que me hizo considerar la posibilidad de que nuestra relación pudiera salvarse.

El último sábado de mayo los llamé por teléfono. Qué sensación tan rara. Desde que había salido de casa, me habían llamado muchas veces, pero yo no lo había hecho ni una sola vez. Mi padre leía el periódico cuando contestó.

—¿Diana? —le tembló la voz.

—Papá, me pregunto si... —no me salían las palabras.

De pronto no supe qué decir. Cuando más lo necesitas, tu propia lengua parece transmitir un idioma desconocido.

—Diana, te escucho —dijo después de una larga pausa.

—¿Quisieran venir a cenar? Les prometo no hacer hamburguesas —dije rápidamente. Quería colgar. Estaba a punto de tener un episodio de total olvido del mundo.

—¿Te parece bien esta noche? —me preguntó.

—¿Hoy? —dije con asombro. No lo esperaba.

¡Espera un momento! Yo en realidad estaba pensando en las Navidades o por esa fecha, para poder prepararme.

—No tenemos planes para esta noche —dijo claramente entusiasmado.

Tragué en seco. *Bueno, no quedará más remedio*, pensé.

—Eh… está bien —le dije.

—Nosotros llevaremos el postre —dijo muy contento, y colgó.

Darren y yo nos pasamos toda la tarde preparando la pasta con queso. Él se ocupó de entender la receta y yo de ponerla en práctica. Tuve suerte de que Darren fuera el que usara el cerebro, porque el mío entraba y salía de la realidad. Ya casi eran las cinco de la tarde.

—Darren, tengo dolor en la boca del estómago —dije.

—Pero, ¿qué te preocupa? —me preguntó.

Cuál cosa le digo primero, pensé.

—¿Crees que debo quitarme el arete de la nariz?

—Diana, ¿te gusta tenerlo puesto?
—Sí.
—Entonces, déjatelo.

El timbre de la puerta sonó a las 5:30. Fui yo quien abrió. Mis padres entraron y se quedaron parados en el umbral como si tuvieran terror a siquiera moverse. *Tienen miedo*, recordé. *Tienen miedo de que todo salga mal.*

No me les acerqué ni les di abrazos y besos estilo Disney, pero les pedí sus abrigos y los colgué. Mi madre traía helado y pastel de manzana. Sonriendo nerviosamente me preguntó si podía poner el helado en el refrigerador. Pensé en Gabriel. Verlos tan nerviosos me ayudó a controlar los nervios. Después de todo, ¡ellos eran mis invitados!

—Sí, mamá —le sonreí.

No mostraron rechazo al arete de mi nariz, aunque de vez en cuando noté que lo miraban de reojo. Se mostraron gratamente sosprendidos cuando les dije que estaba estudiando y no se escandalizaron con mis clases de conducir con el amigo de Darren. *¿Quiénes son estas personas?*, me pregunté. *¡No se parecen a mis padres!*

La verdad es que de la forma en que yo los trataba, y sin gritar, ellos estarían probablemente preguntándose si a mí me habían hecho un transplante de cerebro.

—¿Quisieran un poco más de café? —les dije levantándome.

Papá me miró con una sonrisa. Me pareció que de pronto los ojos se le ponían rojos, como si estuviera a punto de llorar.

—Diana, siéntate un momento, por favor —me dijo.

El corazón me empezó a sonar como en un concierto de *heavy metal*. Me senté.

—Diana, queremos que regreses a casa —dijo.

Mi madre le daba vueltas a sus anillos.

—La casa no es la misma sin ti —dijo mamá.

—Podemos llegar a un acuerdo en que todos estemos contentos. Ya sabemos que las nueve de la noche es muy temprano para regresar los viernes —dijo mi padre.

—Lo que nos preocupaba era que aprobaras el décimo grado —agregó mi madre.

—No tengo problemas en la escuela —dije. *Sin tener que estar en casa a una hora determinada*, pensé.

—Pero antes los tenías —dijo mi madre rápidamente a modo de justificación.

—¿Y sabes por qué? —le pregunté.

Levanté la cabeza y la miré directamente a los ojos. Pestañeó, pero mantuvo la vista firme.

—¿Por qué? —preguntó sin alterarse.

—¿Me pregunto qué harías si estuviera a punto de suspender? —dije.

Fue como si la hubiera golpeado. Mi padre también se mostró alterado.

—¿O si usara una argolla en la nariz o estuviera saliendo con Gabriel? —seguí haciéndole todo tipo de preguntas.

Mis padres se miraron y luego bajaron la vista. ¡Me estaban escuchando!

—No tuve más remedio que pensar que buscaban cualquier excusa para echarme de casa. Parecían no aguantarme ni un día más —dije.

—No te echamos de casa. Darren se ofreció para que vivieras con él por un tiempo, hasta que las cosas mejoraran —aclaró mi padre.

En estado de *shock*, busqué la vista de Darren. ¿Me iba él a echar ahora, de regreso a casa?

—Eso no fue lo que yo dije, papá. Yo dije que Diana podía venir a vivir conmigo. Y puede ser para siempre, si eso es lo que ella quiere. Yo estoy feliz —dijo Darren y me dirigió una sonrisa.

Se me llenaron los ojos de lágrimas. Respiré profundamente y le devolví la sonrisa. Hubiera sido demasiado el dolor si Darren me hacía regresar con mi padres.

Ahora, ésta era mi casa.

—Hablas como si nosotros te odiáramos —dijo mi madre, moviendo la taza de café nerviosamente.

Estaba muy lejos de ser un "te queremos", pero me imagino que eso era más difícil de decir. Por lo menos podíamos sentarnos alrededor de una mesa y hablar, sin gritar.

—Me gusta vivir con Darren. Aquí me va bien y estoy haciendo bien las cosas —dije.

—Y es una excelente cocinera —dijo Darren.

La noche anterior había hecho *chili*.

—Pero nosotros somos tus padres y tú debes vivir con tus padres —dijo mi madre.

—No tengo ninguna intención de negar que ustedes son mis padres, pero es aquí donde me va bien, con mi hermano y aquí es donde quiero estar —recalqué.

Se hizo una larga pausa mientras mis padres miraban fijamente a la pared.

—Bueno, parece que todo te va bien y Darren tiene compañía —fue mi padre quien rompió el silencio.

—¡Y Diana es una excelente cocinera! —repitió Darren.

—¿Vendrás a visitarnos y nos llamarás por teléfono? —preguntó mi madre.

—Si me llevan a cenar por mi cumpleaños —sonreí a medias.

Todos sonreímos, no sin un poco de tristeza. Sabíamos que nunca seríamos la familia perfecta, pero que hay diferentes formas de vivir en armonía y nosotros podríamos encontrar la nuestra.

Capítulo diez

¡Pasé el décimo grado! Aprobé todos los exámenes, a pesar de que en matemáticas lo hice con un porciento bastante bajo. Mis padres se sintieron aliviados cuando recibí una A en el examen de conducir. Hasta mi madre se subió en la Kawasaki Ninja de uso, que me regaló Darren. La llevé alrededor de la cuadra y casi me asfixia de lo apretado que se sostenía. Cuando le sugerí que viniera con nosotros hasta

California, tuvo que recostarse en la cerca. Creo que la mente se le quedó en blanco. Veinte kilómetros por hora en la Kawasaki era ya bastante para ella.

Luego, le tocó el turno a mi padre. Quiso ir hasta las afueras de la ciudad, pero siempre a la velocidad límite. De regreso, cuando se quitó el casco que le presté, el pelo que se peina sobre la calva se le levantó rebeldemente y luego extendió una mano que aterrizó en mi hombro como una granada.

—Diana, eres una chofer excelente. Estoy orgulloso de ti —dijo.

Sonreí de oreja a oreja. Hacía mucho tiempo que eso no ocurría naturalmente, y mucho menos estando con mis padres. Me habían echado a perder la expresión de la cara.

—Gracias, papá —dije con satisfacción.

Practicamos en preparación para el viaje, yo en mi moto y Darren en el *sidecar* de Larry. Al principio, nos queríamos detener cada cinco minutos para curiosearlo todo. Era como llevar a la abuela a una venta de garaje. Darren señalaba cada cosa y se enfurecía si me adelantaba.

—Darren, si vas así durante el viaje, no llegaremos nunca a California —protesté.

A él le pareció muy chistoso.

—Lo único que tienes que hacer es conducir cerca de esas flores azules —dijo feliz.

La especialidad de Darren son las plantas... y abrir botellas con los dientes. ¡Vaya ingeniero que tengo por hermano!

En la última semana de clases cumplí dieciséis. Mis padres nos llevaron a comer fuera, a Darren, a Tiff y a mí. Me regalaron un nuevo casco de la marca *Skull Cap*. Después de la comida, llevé a Tiff a pasear. Esa misma tarde había recibido mi licencia y era la primera vez que salía sola. Paseamos por todo Winnipeg y nos detuvimos en varias fiestas, aunque sólo por un tiempo corto. Todo lo que hacía era asomarme a la ventana para mirar mi Kawasaki. Tiff se cansó de pasear y me fui sola. Allí estaba yo, bajo el inmenso cielo nocturno, en la carretera, a los dieciséis años. ¡Ése iba a ser mi gran año!

Por fin Darren y yo empacamos para salir hacia California. Tiff, mamá y papá nos despidieron desde el estacionamiento. Nos abrazamos, nos besamos y nos dijimos "te quiero" otra vez. Fue una sensación maravillosa. Mi vida entera era maravillosa.

Mi padre me abrazó no sin dejar de decirme:

—Hazle caso a Darren. Él es tu hermano mayor.

Se me tensaron todos los músculos.

Luego le dijo a Darren con una sonrisa:

—Y tú, hazle caso a tu hermana. Es una excelente chofer y una excelente cocinera.

Darren y yo nos reímos.

—Hija, ya tenemos ganas de que regresen —dijo mi madre, dándole un tirón suave al arete de mi nariz.

Estaba en la gloria mientras salíamos de la ciudad. Mi mente viajaba a mayor velocidad que mi motocicleta. En ese momento vi un 7-*Eleven* y le hice señas a Larry y a Darren para que entraran en el estacionamiento. Gabriel estaba en su motocicleta rodeado de amigos. Larry detuvo la Harley justo a mi lado. Cuando me quité el casco *Skull Cap*, los ojos de Gabriel se abrieron como platos.

—Hola —le dije.

—Oh —logró decir.

—Sólo quería desearte un buen verano —le dije.

—¿Qué? —no podía creer lo que escuchaba.

—Estoy en camino hacia California, ¿verdad, Darren? —le pregunté a mi hermano.

—Así es —contestó.

Me puse de nuevo el casco. Mi vida había cambiado completamente. Hubiera podido pasar todo el verano con Gabriel en ese mismo lugar sin hacer nada.

Ahora, tenía mucho que hacer por delante. Le acaricié el brazo a mi hermano.

—Gracias, Darren.

Entonces, nos pusimos en camino.